圖書在版編目(CIP)數據

呻吟語 / (明)吕坤著. —揚州: 廣陵書社, 2009.12
(2017.3 重印)
(文華叢書)
ISBN 978-7-80694-541-4

Ⅰ. 呻… Ⅱ. 吕… Ⅲ. 人生哲學—中國—明代 Ⅳ.
B248.92

中國版本圖書館 CIP 數據核字(2009)第 239382 號

ISBN 978-7-80694-541-4

呻吟語

著者 (明)呂坤
責任編輯 王志娟
出版人 曾學文
出版發行 廣陵書社
社址 揚州市維揚路三四九號
郵編 二二五〇〇九
電話 (〇五一四)八五二二八〇八八 八五二二八〇八九
印刷 金壇市古籍印刷廠有限公司
版次 二〇〇九年十二月第一版
印次 二〇一七年三月第三次印刷
標準書號 ISBN 978-7-80694-541-4
定價 壹佰玖拾捌圓整(全肆册)

http://www.yzglpub.com E-mail:yzglss@163.com

呻吟語

明・吕坤著

廣陵書社
中國・揚州

文華叢書序

時代變遷，經典之風采不衰；文化演進，傳統之魅力更著。古人有登高懷遠之慨，今人有探幽訪勝之思。在印刷裝幀技術日新月异的今天，國粹綫裝書的踪迹愈來愈難尋覓，給傾慕傳統的讀書人帶來了不少惆悵和遺憾。我們編印《文華叢書》，實是爲喜好傳統文化的士子提供精神的享受和慰藉。

叢書立意是將傳統文化之精華萃于一編。以内容言，所選均爲經典名著，自諸子百家、詩詞散文以至蒙學讀物、明清小品，咸予收羅，經數年之積纍，已蔚然可觀。以形式言，則采用激光照排，文字大方，版式疏朗，宣紙精印，綫裝裝幀，讀來令人賞心悦目。同時，爲方便更多的讀者購買，復盡量降低成本、降低定價，好讓綫裝珍品更多地進入尋常百姓人家。

可以想像，讀者于忙碌勞頓之餘，安坐窗前，手捧一册古樸精巧的綫裝書，細細把玩，静静研讀，如沐春風，如品醇釀……此情此景，令人神往。

讀者對于綫裝書的珍愛使我們感受到傳統文化的魅力。近年來，叢書中的許多品種均一再重印。爲方便讀者閱讀收藏，特進行改版，將開本略作調整，擴大成書尺寸，以使版面更加疏朗美觀。相信《文華叢書》會贏得越來越多讀者的喜愛。

有《文華叢書》相伴，可享受高品位的生活。

廣陵書社

出版説明

《呻吟語》六卷，明吕坤著，是作者關于人生修養、持家處世以及自然社會的思考的記録。

吕坤（一五三六——一六一八），字叔簡，又字心吾、新吾，號獨抱山人，河南寧陵人，萬曆進士，官至刑部侍郎。曾因疏陳天下安危，遭奸人誣陷，遂告老還鄉，閉門著述講學，二十年後謝世。死後贈刑部尚書。吕坤爲人剛正不阿，爲官清正廉潔，關心民間疾苦，深受百姓愛戴。學術上他主張打破禁錮，『不儒不道不禪，亦儒亦道亦禪』，有熔鑄百家、抱獨自立的氣象。吕坤著述甚多，有《去僞齋集》、《呻吟語》等。

《呻吟語》共六卷，前三卷爲内篇，後三卷爲外篇，分爲性命、存心、倫理、談道、修身、問學、應務、養生、天地、世運、聖賢、品藻、治道、人情、物理、廣喻、詞章等十七篇。作者通過對社會世情的體驗和感悟，在倫理上指出『門户可以托父兄，而喪德辱名非父兄所能庇；生育可以由父母，而求疾蹈險非父母所得由』，修身中强調『大其心，容天下之物；虚其心，受天下之善；平其心，論天下之事；潛其心，觀天下之理；定其心，應天下之變』，以及問學方面的『讀書能使人寡過，不獨明理』，治道方面的『興利無太急，要左視右盼；革弊無太驟，要長慮却顧』等等，都體現了潔身自好、實用通融的思想。

《呻吟語》以語録體形式寫成，通俗中不乏雅正，趣味中不乏哲理，可讀性較强。我社現據足本精心校勘，宣紙排印，綫裝出版，希望鍾愛古典文化及傳統裝印形式的讀者能够喜歡。不足之處，祈請指正。

廣陵書社

二〇〇九年九月

目録

序

呻吟，病聲也。呻吟語，病時疾痛語也。病中疾痛，惟病者知，難與他人道，亦惟病時覺，既愈，旋復忘也。

予小子生而昏弱善病，病時呻吟，輒志所苦以自恨曰：『慎疾，無復病。』已而弗慎，又重病，輒又志之。蓋世病備經，不可勝志；一病數經，竟不能懲。《語》曰：『三折肱成良醫。』予乃九折臂矣。疣痼年年，呻吟猶昨。嗟嗟！多病無完身，久病無完氣，予奄奄視息而人也哉！

三十年來，所志《呻吟語》凡若干卷，携以自藥。司農大夫劉景澤，攝心繕性，平生無所呻吟，予甚愛之。頃共事鴈門，各談所苦，予出《呻吟語》視景澤，景澤曰：『吾亦有所呻吟而未之志也。吾人之病大都相同，子既志之矣，盍以公人！蓋三益焉：醫病者見子呻吟，起將死病；同病者見子呻吟，醫各有病；未病者見子呻吟，謹未然病。是子以一身示懲于天下，而所壽者衆也。即子不愈，能以愈人，不既多乎？』予矍然曰：『病語狂，又以其狂者惑人聞聽，可乎？』因擇其狂而未甚者存之。嗚呼！使予視息苟存，當求三年艾，健此餘生，何敢以疣痼自弃？景澤，景澤，其尚醫予也夫？

萬曆癸巳三月，抱獨居士寧陵吕坤書。

內篇 卷一

性命

正命者，完却正理，全却初氣，未嘗以我害之，雖桎梏而死，不害其爲正命。若初氣鑿喪，正理不完，即正寢告終，恐非正命也。

德性以收斂沉着爲第一，收斂沉着中，又以精明平易爲第一。大段收斂沉着人怕含糊，怕深險。淺浮子雖光明洞達，非蓄德之器也。

或問：人將死而見鬼神，真邪？幻邪？曰：人寤則爲真見，夢則爲妄見。魂游而不附體，故隨所之而見物，此外妄也。神與心離合而不安定，故隨所交而成景，此內妄也。故至人無夢，愚人無夢，無妄念也。人之將死如夢然，魂飛揚而神亂于目，氣浮散而邪客于心，故所見皆妄，非真有也。或有將死而見人拘繫者，尤妄也。异端之語，人人骨

髓，將死而懼，故常若有見。若死必有召之者，則牛羊蚊蟻之死，果亦有召之者邪？大抵草木之生枯，土石之凝散，人與衆動之死生始終有無，只是一理，更無他説。萬一有之，亦怪异也。

氣無終盡之時，形無不毀之理。

真機真味要涵蓄，休點破。其妙無窮，不可言喻，所以聖人無言。一犯口頰，窮年説不盡，又離披澆漓，無一些咀嚼處矣。

性分不可使虧欠，故其取數也常多，曰窮理，曰盡性，曰達天，曰入神，曰致廣大、極高明。情欲不可使贏餘，故其取數也常少，曰謹言，曰慎行，曰約己，曰清心，曰節飲食、寡嗜欲。

深沉厚重是第一等資質，磊落豪雄是第二等資質，聰明才辯是第三等資質。

六合原是個情世界，故萬物以之相苦樂，而至人聖人不與焉。

凡人光明博大、渾厚含蓄，是天地之氣；溫煦和平，是陽春之氣；寬縱任物，是長夏之氣；嚴凝斂約、喜刑好殺，是秋之氣；沉藏固嗇，是冬之氣。暴怒是震雷之氣，狂肆是疾風之氣，昏惑是霾霧之氣，隱恨留連是積陰之氣，從容溫潤是和風甘雨之氣，聰明洞達是青天朗月之氣。有所鍾者，必有所似。

先天之氣發泄處不過毫釐，後天之氣擴充之必極分量。其實分量極處原是毫釐中有底，若毫釐中合下原無，便是一些增不去。萬物之形色才情，種種可驗也。

蝸藏于殼，烈日經年而不枯，必有所以不枯者在也。此之謂以神用，先天造物命脉處。

蘭以火而香，亦以火而滅；膏以火而明，亦以火而竭；炮以火而聲，亦以火而泄。陰者，所以存也；陽者，所以亡也。豈獨聲色氣味然哉？世知鬱者之爲足，是謂萬年之燭。

火性發揚，水性流動，木性條暢，金性堅剛，土性重厚，其生物也亦然。

一則見性，兩則生情。人未有偶而能靜者，物未有偶而無聲者。聲無形色，寄之于器；火無體質，寄之于薪；色無着落，寄之草木。故五行惟火無體，而用不窮。

人之念頭與氣血同爲消長。四十以前是個進心，識見未定而敢于有爲；四十以後是個定心，識見既定而事有酌量；六十以後是個退心，見識雖真而精力不振。未必人人皆此，而此其大凡也。古者四十仕，六十、七十致仕，蓋審之矣。人亦有少年退縮不任事，厭厭若泉下人者；亦有衰年狂躁妄動喜事者，皆非常理。

若乃以見事風生之少年爲任事，以念頭灰冷之衰夫爲老成，則誤矣。鄧禹沉毅，馬援矍鑠，古誠有之，豈多得哉！

命本在天。君子之命在我，小人之命亦在我。君子以義處命，不以其道得之不處，命不足道也；小人以欲犯命，不可得而必欲得之，命不肯受也。但君子謂命在我，得天命之本然；小人謂命在我，幸氣數之或然。是以君子之心常泰，小人之心常勞。

性者理氣之總名。無不善之理，無皆善之氣。論性善者，純以理言也；論性惡與善惡混者，兼氣而言也。故經傳言性各各不同，惟孔子無病。

氣、習，學者之二障也。仁者與義者相非，禮者與信者相左，皆氣質障也。高髻而笑低髽，長裾而譏短袂，皆習見障也。大道明，率天下氣質而歸之，即不能歸，不敢以所偏者病人矣。王制一，齊天下趨向而同之，即不能同，不敢以所狃者病人矣。哀哉！茲誰任之？

父母全而生子，子全而歸之，髮膚還父母之初，無些毀傷，親之孝子也。天全而生之，人全而歸之，心性還天之初，無些缺欠，天之孝子也。

虞廷不專言性善，曰：『人心惟危，道心惟微。』或曰：『人心非性。』曰非性可矣，亦是陰陽五行化生否？六經不專言性善，曰：『惟皇上帝，降衷下民，厥有恒性。』又曰：『天生蒸民有欲，無主乃亂。』孔子不專言性善，曰：『繼之者，善也；成之者，性也。』又曰：『性相近也』，『惟上智與下愚不移』。纔說相近，便不是一個。相遠從相近起脚。子思不專言性善，曰：『修道之謂教。』性皆善矣，道胡可修？孟子不專言性善，曰：『聲色、臭味、安佚，性也。』或曰：這性是好性。曰：好性如何君子不謂？又曰：『動心忍性。』善性豈可忍乎？犬之性，牛之性，豈非性乎？犬牛之性亦仁義禮智信之性乎？細推之，犬之性猶犬之性，牛之性猶牛之性乎？周茂叔不專言性善，曰：『五性相感而善惡分，萬事出矣。』又曰：『幾善惡。』程伯淳不專言性善，曰：『惡亦不可不謂之性。』大抵言性善者主義理而不言氣質，蓋自孟子之折諸家始，後來諸儒遂主此說，而不敢异同，是未觀于天地萬物之情也。義理固是天賦，氣質亦豈人爲？無論衆人，即堯、舜、禹、湯、文、武、周、孔，豈是一樣氣質哉？愚僭爲之説曰：義理之性有善無惡，氣質之性有善有惡。氣質亦天命于人而與生俱生者，不謂之性可乎？程子云：『論性不論氣不備，論氣不論性不明。』將性、氣分作兩項，便不透徹。張子以善爲天地之性，清濁純駁爲氣質之性，似覺支離。其實，天地只是一個氣，理在氣之中，賦于萬物，方以性言。故性字從生從心，言有生之心也。設使没有氣質，只是一個德性，人人都是生知聖人，千古聖賢千言萬語教化刑名，都是多了底，何所苦而如此乎？這都是降伏氣質，扶持德性。立案于此，俟千百世之後駁之。

性，一母而五子。五性者，一性之子也。情者，五性之子也。一性静，静者陰；五性動，動者陽。性本渾淪，至静不動，故曰人生而静，天之性也。纔説性，便已不是性矣。此一性之説也。

宋儒有功于孟子，只是補出個氣質之性來，省多少口吻！

問：禽獸草木亦有性否？曰：有。其生亦天命否？曰：天以陰陽五行化生萬物，安得非天命？

或問：『孔子教人，性非所先。』曰：『聖人開口處都是性。』

水無渣，着土便濁；火無氣，着木便烟。性無二，着氣質便雜。

滿方寸渾成一個德性，無分毫私欲便是一心之仁；六尺渾成一個冲和，無分毫病痛便是一身之仁；滿六合渾成一個身軀，無分毫間隔便是合天下以成其仁。仁是全體，無毫髮欠缺；仁是純體，無纖芥瑕疵；仁是天成，無些子造作。衆人分一心爲胡越，聖人會天下以成其身。愚嘗謂：『兩間無物我，萬古一呼吸。』

存心

心要如天平，稱物時物忙而衡不忙，物去時即懸空在此，只恁靜虛中正，何等自在！

收放心，休要如追放豚，既入苙了，便要使他從容閑暢，無拘迫懊憹之狀。若恨他難收，一向束縛在此，與放失同。何者？同歸于無得也。故再放便奔逸不可收拾。君子之心如習鷹馴雉，搏擊飛騰，主人略不防閑，及上臂歸庭，却恁忘機自得，略不驚畏。

學者只事事留心，一毫不肯苟且，德業之進也，如流水矣。

不動氣，事事好。

心放不放，要在邪正上説，不在出入上説。且如高卧山林，游心廊

廟；身處衰世，夢想唐虞。游子思親，貞婦懷夫，這是個放心否？若不論邪正，只較出入，却是禪定之學。

或問：放心如何收？余曰：只君此問，便是收了。這放收甚容易，纔昏昏便出去，纔惺惺便在此。

常使精神在心目間，便有主而不眩。于客感之交，只一昏昏便是胡亂應酬。豈無偶合？終非心上經歷過，竟無長進。譬之夢食，豈能飽哉？

防欲如挽逆水之舟，纔歇力便下流；力善如緣無枝之樹，纔住脚便下墜。是以君子之心無時而不敬畏也。

一善念發，未説到擴充，且先執持住，此萬善之囮也。若隨來隨去，更不操存此心，如驛傳然，終身無主人住矣。

千日集義，禁不得一刻不慊于心，是以君子瞬存息養，無一刻不

在道義上。其防不義也，如千金之子之防盜，懼餒之故也。

無屋漏工夫，做不得宇宙事業。

君子口中無慣語，存心故也。故曰『修辭立其誠』，不誠何以修辭？

一念收斂，則萬善來同，一念放恣，則百邪乘釁。

得罪于法，尚可以逃避；得罪于理，更沒處存身。只我底心，便放不過我。是故君子畏理甚于畏法。

或問：『雞鳴而起，若未接物，如何爲善？』程子曰：『只主于敬，便是善。』愚謂：惟聖人未接物時，何思何慮？賢人以下，睡覺時合下便動個念頭，或昨日已行事，或今日當行事，便來心上。只看這念頭如何，若一念向好處想，便是舜邊人；若一念向不好處想，便是跖邊人。若念中是善，而本意却有所爲，這又是舜中跖，漸來漸去，還向跖邊去矣。此是務頭工夫。此時克己更覺容易，點檢更覺精明，所謂去惡在纖微，持善在根本也。

目中有花，則視萬物皆妄見也。耳中有聲，則聽萬物皆妄聞也。心中有物，則處萬物皆妄意也。是故此心貴虛。

忘是無心之病，助長是有心之病。心要從容自在，活潑于有無之間。

『靜』之一字，十二時離不了，一刻纔離便亂了。門盡日開闔，樞常靜；妍媸盡日往來，鏡常靜；人盡日應酬，心常靜。惟靜也，故能張主得動，若逐動而去，應事定不分曉。便是睡時，此念不靜，作個夢兒也胡亂。

把意念沉潛得下，何理不可得？把志氣奮發得起，何事不可做？

今之學者，將個浮躁心觀理，將個委靡心臨事，只模糊過了一生。

『心平氣和』，此四字非涵養不能做，工夫只在個定火，火定則百物兼照，萬事得理。水明而火昏。靜屬水，動屬火，故病人火動則躁擾狂越，及其蘇定，渾不能記。蘇定者，水澄清而火熄也。故人非火不生，非火不死；事非火不濟，非火不敗。惟君子善處火，故身安而德滋。

當可怨、可怒、可辯可訴、可喜可愕之際，其氣甚平，這是多大涵養！

天地間真滋味，惟靜者能嘗得出；天地間真機栝，惟靜者能看得透；天地間真情景，惟靜者能題得破。作熱鬧人，說孟浪語，豈無一得？皆偶合也。

未有甘心快意而不殃身者，惟理義之悅我心，却步步是安樂境。

問：慎獨如何解？曰：先要認住『獨』字。『獨』字就是『意』字。稠人廣坐、千軍萬馬中，都有個『獨』，只這意念發出來是大中至正底，這不勞慎，就將這『獨』字做去，便是天德王道。這意念發出來，九分九釐是，只有一釐苟且爲人之意，便要點檢克治，這便是慎獨了。

用三十年心力，除一個『僞』字不得。或曰：君盡尚實矣。余曰：所謂僞者，豈必在言行間哉？實心爲民，雜一念德我之心便是僞；實心爲善，雜一念求知之心便是僞；道理上該做十分，只爭一毫未滿足便是僞；汲汲于向義，纔有二三心便是僞；白晝所爲皆善，而夢寐有非僻之干便是僞；心中有九分，外面做得恰象十分便是僞。此獨覺之僞也，餘皆不能去，恐漸漬防閑，延惡于言行間耳。

自家好處掩藏幾分，這是涵蓄以養深。別人不好處要掩藏幾分，這是渾厚以養大。

寧耐，是思事第一法。安詳，是處事第一法。謙退，是保身第一法。涵容，是處人第一法。置富貴、貧賤、死生、常變于度外，是養心第一法。

胸中情景要看得：春不是繁華，夏不是發暢，秋不是寥落，冬不是枯槁，方爲我境。

大丈夫不怕人，只是怕理；不恃人，只是恃道。

静裹看物欲，如業鏡照妖。

『躁心浮氣，淺衷狹量』，此八字進德者之大忌也。去此八字，只用得一字，曰主静。静則凝重，静中境自是寬闊。

士君子要養心氣，心氣一衰，天下萬事分毫做不得。冉有只是個心氣不足。

主静之力大于千牛，勇于十虎。

君子洗得此心净，則兩間不見一塵；充得此心盡，則兩間不見一礙；養得此心定，則兩間不見一怖；持得此心堅，則兩間不見一難。

人只是心不放肆，便無過差；只是心不怠忽，便無遺忘。

胸中只擺脱一『戀』字，便十分爽净，十分自在。人生最苦處，只是此心沾泥帶水，明是知得，不能斷割耳。

盗，只是欺人。此心有一毫欺人，一事欺人，一語欺人，人雖不知，即未發覺之盗也。言如是而行欺之，是行者言之盗也。心如是而口欺之，是口者心之盗也。纔發一個真實心，驟發一個僞妄心，是心者心之盗也。諺云：瞞心昧己，有味哉其言之矣。欺世盗名其過大，瞞心昧己其過深。

此心果有不可昧之真知，不可强之定見，雖斷舌可也，决不可從人然諾。

纔要説睡，便睡不着；才説要忘，便忘不得。

舉世都是我心，去了這我心，便是四通八達，六合内無一些界限。要去我心，須要時時省察這念頭是爲天地萬物，是爲我。

目不容一塵，齒不容一芥，非我固有也。如何靈臺内許多荆榛，却自容得？

手有手之道，足有足之道，耳目鼻口有耳目鼻口之道，但此輩皆是奴婢，都聽天君使令。使之以正也順從，使之以邪也順從。渠自没罪過，若有罪過，都是天君承當。

心一鬆散，萬事不可收拾；心一疏忽，萬事不入耳目；心一執着，萬事不得自然。

當尊嚴之地，大衆之前，震怖之景，而心動氣懾，只是涵養不定。

久視則熟字不識，注視則静物若動，乃知蓄疑者亂真知，過思者迷正應。

常使天君爲主，萬感爲客便好。只與他平交已自褻其居尊之體，若跟他走去走來，被他愚弄掇哄，這是小兒童，這是真奴婢，有甚面目來靈臺上坐役，使四肢百骸可羞可笑。示兒。

不存心，看不出自家不是，只于動静語默、接物應事時，件件想一想，便見渾身都是過失。須動合天則，然後爲是。

日用間如何疏忽得一時？學者思之。

人生在天地間，無日不動念，就有個動念底道理；無日不説話，就有個説話底道理；無日不處事，就有個處事底道理；無日不接人，就有個接人底道理；無日不理物，就有個理物底道理；以至怨怒笑歌、傷悲感嘆、顧盼指示、咳唾涕洟、隱微委屈、造次顛沛、疾病危亡，莫不各有道理，只是時時體認，件件講求。細行小物尚求合則，彝倫大節豈可逾閑？故始自垂髫，終于屬纊，持一個自强不息之心，通乎晝夜，要之于純一不已之地，忘乎死生。此還本歸全之道，戴天履地之宜。不然，恣情縱意而各求遂其所欲，凡有知覺運動者皆然，無取于萬物之靈矣。或曰：有要乎？曰：有。其要只在存心。心何以存？曰：只在主静。只静了，千酬萬應都在道理上，事事不錯。

迷人之迷，其覺也易；明人之迷，其覺也難。

心相信則迹者土苴也，何煩語言？相疑則迹者媒蘖也，益生猜貳。故有誓心不足自明，避嫌反成自誣者，相疑之故也。

是故心一而迹萬，故君子治心不修迹。《中孚》，治心之至也，豚魚且信，何疑之有？

君子畏天，不畏人；畏名教，不畏刑罰；畏不義，不畏不利；畏徒生，不畏捨生。

『忍』、『激』二字是禍福關。

殃咎之來，未有不始于快心者，故君子得意而憂，逢喜而懼。

一念孳孳，惟善是圖，曰正思。一念孳孳，惟欲是願，曰邪思。非分之福，期望太高，曰越思。先事徘徊，後事懊恨，曰縈思。游心千里，歧慮百端，曰浮思。事無可疑，當斷不斷，曰惑思。事不涉己，爲他人憂，曰狂思。無可奈何，當罷不罷，曰徒思。日用職業，本分工夫，朝惟暮圖，期無曠廢，曰本思。此九思者，日用之間，不在此則在彼。善攝心者，其惟本思乎？身有定業，日有定務，暮則省白晝之所行，朝則計今日之所事。念兹在兹，不肯一事苟且，不肯一時放過，庶心有着落，不得他適，而德業日有長進矣。

學者只多欣喜，心便不是凝道之器。

小人亦有坦蕩蕩處，無忌憚是已。君子亦有常戚戚處，終身之憂是已。

只脫盡輕薄心，便可達天德。漢唐以下儒者，脫盡此二字不多人。

斯道這個擔子，海内必有人負荷。有能慨然自任者，願以綿弱筋骨助一肩之力，雖走僵死不恨。

耳目之玩，偶當于心，得之則喜，失之則悲，此兒女子常態也。世間甚物與我相關，而以得喜以失悲邪？聖人看得此身亦不關悲喜，是吾道之一囊橐耳。愛囊橐之所受者，不以囊橐易所受，如之何以囊橐弃所受也？而况耳目之玩又囊橐之外物乎？

寐是情生景，無情而景者，兆也。寤後景生情，無景而情者，妄也。

人情有當然之願，有過分之欲。聖王者，足其當然之願，而裁其過分之欲，非以相苦也。天地間欲願只有此數，此有餘而彼不足，聖王調劑而均釐之，裁其過分者以益其當然。夫是之謂至平，而人無淫情、無觖望。

惡惡太嚴，便是一惡。樂善甚亟，便是一善。

投佳果于便溺，濯而獻之，食乎？曰：不食。不見而食之，病乎？曰：不病。隔山而指罵之，聞乎？曰：不聞。對面而指罵之，怒乎？曰：怒。曰：此見聞障也。夫能使見而食，聞而不怒，雖入黑海、蹈白刃可也。此煉心者之所當知也。

只有一毫粗疏處，便認理不真，所以説『惟精』，不然衆論淆之而必疑。只有一毫二三心，便守理不定，所以説『惟一』，不然利害臨之而必變。

種豆，其苗必豆；種瓜，其苗必瓜。未有所存如是而所發不如是者。心本人欲，而事欲天理；心本邪曲，而言欲正直，其將能乎？是以君子慎其所存。所存是，種種皆是；所存非，種種皆非，未有分毫爽者。

屬纊之時，般般都帶不得，惟是帶得此心，却教壞了，是空身歸去矣。可爲萬古一恨。

吾輩所欠，只是涵養不純不定。故言則矢口所發，不當事，不循物，不宜人；事則恣意所行，或太過，或不及，或悖理。若涵養得定，如熟視正鵠而後開弓，矢矢中的；細量分寸而後投針，處處中穴。此是真正體驗，實用工夫，總來只是個沉静。沉静了，發出來件件都是天則。

定静中境界，與六合一般大，裏面空空寂寂，無一個事物，才問他索時，般般足、樣樣有。

『暮夜無知』，此四字百惡之總根也。人之罪莫大于欺。欺者，利其無知也。大奸大盜皆自無知之心充之。天下大惡只有二種：欺無知，不畏有知。欺無知還是有所忌憚心，此是誠僞關。不畏有知是個無所忌憚心，此是死生關。猶知有畏，良心尚未死也。

天地萬物之理，出于静，入于静；人心之理，發于静，歸于静。静者，萬理之橐籥，萬化之樞紐也。動中發出來，與天則便不相似。故雖暴肆之人，平旦皆有良心，發于静也。過後皆有悔心，歸于静也。

動時只見發揮不盡，那裏覺錯？故君子主静而慎動。主静，則動者静之枝葉也；慎動，則動者静之約束也。又何過焉？

童心最是作人一大病，只脱了童心，便是大人君子。或問之，曰：『凡炎熱念、驕矜念、華美念、欲速念、浮薄念、聲名念，皆童心也。』

吾輩終日念頭離不了四個字，曰：得、失、毀、譽。其爲善也，先動個得與譽底念頭；其不敢爲惡也，先動個失與毀底念頭。總是欲心、僞心，與聖人天地懸隔。聖人發出善念，如飢者之必食，渴者之必飲。其必不爲不善，如烈火之不入，深淵之不投，任其自然而已。賢人念頭只認個可否，理所當爲，則自强不息；所不可爲，則堅忍不行。然則得失毀譽之念可盡去乎？曰：胡可去也？天地間惟中人最多。此四字者，聖賢藉以訓世，君子藉以檢身。曰『作善降之百祥，作不善降之百殃』，以得失訓世也。曰『疾没世而名不稱』，曰『年四十而見惡』，以毀譽訓世也。此聖人待衰世之心也。彼中人者，不畏此以檢身，將何所不至哉？故堯舜能去此四字，無爲而善，忘得失毀譽之心也。桀紂能去此四字，敢于爲惡，不得失毀譽之恤也。

心要虛，無一點渣滓；心要實，無一毫欠缺。

只一事不留心，便有一事不得其理；一物不留心，便有一物不得

其所。

只大公了，便是包涵天下氣象。

士君子作人，事事時時只要個用心。一事不從心中出，便是亂舉動；一刻心不在腔子裏，便是空軀殼。

古人也算一個人，我輩成底是什麽人？若不愧不奮，便是無志。

聖、狂之分，只在『苟』、『不苟』兩字。

余甚愛萬籟無聲，蕭然一室之趣。或曰：無乃太寂滅乎？曰：無邊風月自在。

無技癢心，是多大涵養！故程子見獵而癢。學者各有所癢。便當各就癢處搔之。

欲，只是有進氣無退氣；理，只是有退氣無進氣，善學者審于進退之間而已。

聖人懸虛明以待天下之感，不先意以感天下之事。其感也，以我胸中道理順應之；其無感也，此心空空洞洞，寂然曠然。譬之鑒，光明在此，物來則照之，物去則光明自在。彼事未來而意必，是持鑒覓物也。嘗謂鏡是物之聖人，鏡日照萬物而常明，無心而不勞故也。聖人日應萬事而不累，有心而不役故也。夫惟爲物役而後累心，而後應有偏著。

恕心養到極處，只看得世間人都無罪過。

物有以慢藏而失，亦有以謹藏而失者；禮有以疏忽而誤，亦有以敬畏而誤者。故用心在有無之間。

說不得真知明見，一些涵養不到，發出來便是本象，倉卒之際，自然掩護不得。

一友人沉雅從容，若溫而不理者。隨身急用之物，座客失備者三人，此友取之袖中，皆足以應之。或難以數物，呼左右取之，攜中黎然在也。余嘆服曰：『君不窮于所用哉！』曰：『我無以用爲也。此第二者，偶備其萬一耳。備之心，慎之心也，慎在備先。凡所以需吾備者，吾已先圖，無賴于備。故自有備以來，吾無萬一，故備常餘而不用。』或曰：『是無用備矣。』曰：『無萬一而猶備，此吾之所以爲慎也。若恃備而不慎，則備也者，長吾之怠者也，久之必窮于所備之外。恃慎而不備，是慎也者，限吾之用者也，久之必窮于所慎之外。故寧備而不用，不可用而無備。』余嘆服曰：『此存心之至者也。』《易》曰：『藉之用茅，又何咎焉？』其斯之謂與？吾識之以爲疏忽者之戒。

靜者生門，躁者死户。

欲理會七尺，先理會方寸；欲理會六合，先理會一腔。

士君子一出口無反悔之言，一動手無更改之事，誠之于思故也。

只此一念公正了，我與天地鬼神通是一個。而鬼神之有邪氣者，且跧伏退避之不暇，庶民何私何怨，而忍枉其是非腹誹巷議者乎？

和氣平心，發出來如春風拂弱柳，細雨潤新苗，何等舒泰！何等感通！疾風、迅雷、暴雨、酷霜，傷損必多。或曰：不似無骨力乎？余曰：譬之玉，堅剛未嘗不堅剛，溫潤未嘗不溫潤。余嚴毅多，和平少，近悟得此。

儉則約，約則百善俱興；侈則肆，肆則百惡俱縱。

天下國家之存亡，身之生死，只繫『敬』、『怠』兩字。敬則慎，慎則百務修舉；怠則苟，苟則萬事隳頽。自天子以至于庶人，莫不如此。此千古聖賢之所兢兢，而世人之所必由也。

每日點檢，要見這念頭自德性上發出，自氣質上發出，自習識上發出，自物欲上發出。如此省察，久久自識得本來面目。初學最要如此。

道義心胸發出來，自無暴戾氣象，怒也怒得有禮。若說聖人不怒，聖人只是六情？

過差遺忘只是昏忽，昏忽只是不敬。若小心慎密，自無過差遺忘之病。孔子曰：『敬事。』樊遲粗鄙，告之曰：『執事敬。』子張意廣，告之曰：『無小大，無敢慢。』今人只是懶散，過差遺忘安得不多？

吾初念只怕天知，久久來不怕天知，又久久來只求天知。但未到那何必天知地步耳。

氣盛便沒涵養。

定靜安慮，聖人胸中無一刻不如此。或曰：喜怒哀樂到面前如何？曰：只恁喜怒哀樂，定靜安慮，胸次無分毫加損。

憂世者與忘世者談，忘世者笑；忘世者與憂世者談，憂世者悲。

嗟夫！六合骨肉之泪，肯向一室胡越之人哭哉！彼且謂我爲病狂，而又安能自知其喪心哉！

『得』之一字，最壞此心。不但鄙夫患得、年老戒得爲不可，只明其道而計功，有事而正心，先事而動得心，先難而動獲心，便是雜霸雜夷。一念不極其純，萬善不造其極，此作聖者之大戒也。

充一個公己公人心，便是胡越一家；任一個自私自利心，便是父子仇讎。天下興亡、國家治亂、萬姓死生，只爭這個些子。

厠牏之中可以迎賓客，床笫之内可以交神明，必如此而後謂之不苟。

爲人辨寃白謗，是第一天理。

治心之學莫妙于『瑟僩』二字，瑟訓嚴密，譬之重關天險，無隙可乘。此謂不疏，物欲自消其窺伺之心。僩訓武毅，譬之將軍按劍，見者股栗。此謂不弱，物欲自奪其猖獗之氣。而今吾輩，靈臺四無墻户，如露地錢財，有手皆取；又孱弱無能，如殺殘俘虜，落膽從人。物欲不須投間抵隙，都是他家産業；不須硬迫柔求，都是他家奴婢。更有那個關防？何人喘息？可哭可恨！

沉静非緘默之謂也。意淵涵而態閑正，此謂真沉静。雖終日言語，或千軍萬馬中相攻擊，或稠人廣衆中應繁劇，不害其爲沉静，神定故也。一有飛揚動擾之意，雖端坐終日，寂無一語，而色貌自浮。或意雖不飛揚動擾，而昏昏欲睡，皆不得謂沉静。真沉静底自是惺憁，包一段全副精神在裏。

明者料人之所避，而狡者避人之所料，以是相與，是賊本真而長奸僞也。是以君子寧犯人之疑，而不賊己之心。

室中之門，市上之争，彼所據各有一方也。一方之見皆是己非人，而濟之以不相下之氣，故寧死而不平。嗚呼！此猶愚人也。賢臣之爭政，賢士之爭理亦然。此言語之所以日多，而後來者益莫知所決擇也。故爲下愚人作法吏易，爲士君子所折衷難，非斷之難，而服之難也。根本處在不見心而任口，耻屈人而好勝，是室人市兒之見也。

大利不换小義，况以小利壞大義乎？貪者可以戒矣。

殺身者不是刀劍，不是寇仇，乃是自家心殺了自家。

知識，帝則之賊也。惟忘知識以任帝則，此謂天真，此謂自然。一着念便乖違，愈着念愈乖違，乍見之心歇息一刻，別是一個光景。

爲惡惟恐人知，爲善惟恐人不知，這是一副甚心腸？安得長進？

或問：『虚靈』二字如何分別？曰：惟虚故靈，頑金無聲，鑄爲鐘磬則有聲。鐘磬有聲，實之以物則無聲。聖心無所不有而一無所有，故『感而遂通天下之故』。

渾身五臟六腑、百脉千絡，耳目口鼻、四肢百骸、毛髮甲爪，以至衣裳冠履，都無分毫罪過，都與堯舜一般，只是一點方寸之心千過萬罪，禽獸不如。千古聖賢只是治心，更不說別個。學者只是知得這個可恨，便有許大見識。

人心是個猖狂自在之物，隕身敗家之賊，如何縱容得他？

良知何處來？生于良心；良心何處來？生于天命。

心要實，又要虚。無物之謂虚，無妄之謂實。惟虚故實，惟實故虚。

心要小，又要大。大其心能體天下之物，小其心不僨天下之事。

要補必須補個完，要拆必須拆個净。

學術以不愧于心，無惡于志爲第一，也要點檢這心志是天理、是人欲。便是天理，也要點檢是邊見、是天則。

堯眉舜目，文王之身，仲尼之步，而盗跖其心，君子不貴也。有數聖賢之心，何妨貌以盜跖！

學者欲在自家心上做工夫，只在人心做工夫。

此心要常適，雖是憂勤惕厲中，困窮抑鬱際，也要有這般胸次。

不怕來濃艷，只怕去沾戀。

原不萌芽，說甚生機。

平居時有心訒言還容易，何也？有意收斂故耳。只是當喜怒愛憎時發當其可，無一厭人語，纔見涵養。

口有慣言，身有誤動，皆不存心之故也。故君子未事前定，當事凝一。識所不逮，力所不能，雖過無愧心矣。

世之人何嘗不用心？都只將此心錯用了。故學者要知所用心，用于正而不用于邪，用于要而不用于雜，用于大而不用于小。

予嘗怒一卒，欲重治之。召之，久不至，減予怒之半。又久而後至，詬之而止。因自笑曰：『是怒也，始發而中節邪？中減而中節邪？終止而中節邪？』惟聖人之怒，初發時便恰好，終始只是一個念頭不變。

世間好底分數休占多了，我這裏消受幾何，其餘分數任世間人占去。

京師僦宅，多擇吉數。有喪者，人多弃之，曰：能禍人。予曰：是人爲室禍，非室能禍人也。人之死生，受于有生之初，豈室所能移？室不幸而遭當死之人，遂爲人所弃耳。惟君子能自信而付死生于天則，不爲往事所感矣。

不見可欲時，人人都是君子；一見可欲，不是滑了脚跟，便是擺動念頭。老子曰：『不見可欲，使心不亂。』此是閉目塞耳之學。一入耳目來，便了不得。今欲與諸君在可欲上做工夫，淫聲美色滿前，但如鑒照物，見在妍媸，不侵鏡光；過去妍媸，不留鏡裏，何嫌于坐懷？何事于閉門？推之可怖可驚、可怒可惑、可憂可恨之事，無不皆然。到此纔是工夫，纔見手段。把持則爲賢者，兩忘則爲聖人。予嘗有詩云：『百尺竿頭着脚，千層浪裏翻身。個中如履平地，此是誰何道人。』

一里人事專利己，屢爲訓説不從。後每每作善事，好施貧救難，予喜之，稱曰：『君近日作事，每每在天理上留心，何所感悟而然？』曰：『近日讀司馬温公語，有云：「不如積陰德于冥冥之中，以爲子孫長久之計。」』予笑曰：『君依舊是利心，子孫安得受福？』

小人終日苦心，無甚受用處。即欲趨利，又欲貪名；即欲掩惡，又欲詐善。虚文浮禮，惟恐其疏略；消沮閉藏，惟恐其敗露。又患得患失，只是求富求貴；畏首畏尾，只是怕事怕人。要之温飽之外，也只與人一般，何苦自令天君無一息寧泰處？

滿面目都是富貴，此是市井小兒，不堪入有道門墻，徒令人嘔吐而爲之羞耳。若見得大時，舜禹有天下而不與。

讀書人只是個氣高，欲人尊己；志卑，欲人利己，便是至愚極陋。只看四書六經千言萬語教人是如此不是？士之所以可尊可貴者，以有道也。這般見識，有什麽可尊貴處？小子戒之。

第一受用，胸中乾净；第二受用，外來不動；第三受用，合家没病；第四受用，與物無競。

欣喜歡愛處，便藏煩惱機關，乃知雅淡者，百祥之本。怠惰放肆時，都是私欲世界。始信懶散者，萬惡之宗。

求道學真傳，且高閣百氏諸儒，先看孔孟以前胸次。問治平要旨，只遠宗三皇五帝，净洗漢唐而下心腸。

看得真幻景，即身不吾有何傷？況把世情嬰肺腑；信得過此心，雖天莫我知奚病？那教流語惱胸腸。

善根中纔發萌蘖，即着意栽培，須教千枝萬葉。惡源處略有涓流，便極力擁塞，莫令暗長潛滋。

處世莫驚毀譽，只我是，無我非，任人短長。立身休問吉凶，但爲善，不爲惡，憑天禍福。

念念可與天知，盡其在我；事事不執己見，樂取諸人。

淺狹一心，到處便招尤悔；因循兩字，從來誤盡英雄。

齋戒神明其德，洗心退藏于密。

常將半夜縈千歲，只恐一朝便百年。

試心石上即平地，没足池中有隱潭。

心無一事累，物有十分春。

神明七尺體，天地一腔心。

終有歸來日，不知到幾時。

吾心原止水，世態任浮雲。

倫理

宇宙内大情種，男女居其第一。聖王不欲裁割而矯拂之，亦不能裁割矯拂也。故通之以不可已之情，約之以不可犯之禮，繩之以必不赦之法，使縱之而相安相久也。聖人亦不若是之亟也，故五倫中父子、君臣、兄弟、朋友，篤了又篤，厚了又厚，惟恐情意之薄。惟男女一倫是聖人苦心處，故有別先自夫婦始，本與之以無別也，而又教之以有別，況有別者而肯使之混乎？聖人之用意深矣。是死生之衢而大亂之首也，不可以不慎也。

親母之愛子也，無心于用愛，亦不知其爲用愛。若渴飲飢食然，何嘗勉强？子之得愛于親母也，若謂應得，習于自然，如夏葛冬裘然，何嘗歸功？至于繼母之慈，則有德色，有矜語矣。前子之得慈于繼母，則有感心，有頌聲矣。

一家之中，要看得尊長尊，則家治。若看得尊長不尊，如何齊他？得其要在尊長自修。

人子之事親也，事心爲上，事身次之，最下事身而不恤其心，又其下事之以文而不恤其身。

孝子之事親也，禮卑伏如下僕，情柔婉如小兒。

進食于親，侑而不勸；進言于親，諭而不諫；進侍于親，和而不莊。親有疾，憂而不悲；身有疾，形而不聲。

侍疾憂而不食，不如努力而加餐。使此身不能侍疾，不孝之大者也。居喪羸而廢禮，不如節哀而慎終；此身不能襄事，不孝之大者也。

朝廷之上，紀綱定而臣民可守，是曰朝常；公卿大夫、百司庶官，各有定法，可使持循，是曰官常；一門之內，父子兄弟、長幼尊卑，各有條理，不變不亂，是曰家常；飲食起居，動靜語默，擇其中正者守而勿失，是曰身常。得其常則治，失其常則亂。未有苟且冥行而不取敗者也。

雨澤過潤，萬物之灾也；恩寵過禮，臣妾之灾也；情愛過義，子孫之灾也。

人心喜則志意暢達，飲食多進而不傷，血氣沖和而不鬱，自然無病而體充身健，安得不壽？故孝子之于親也，終日乾乾，惟恐有一毫不快事到父母心頭。自家既不惹起，外觸又極防閑，無論貧富貴賤、常變順逆，只是以悦親爲主。蓋『悦』之一字，乃事親第一傳心口訣也。即不幸而親有過，亦須在悦字上用工夫。幾諫積誠、耐煩留意、委曲方略，自有回天妙用。若直諍以甚其過，暴弃以增其怒，不悦莫大焉。故曰：不順乎親，不可以爲子。

郊社，報天地生成之大德也。然災沴有禳，順成有祈。君爲私田則仁，民爲公田則忠。不嫌于求福，不嫌于免禍。子孫之祭先祖，以追養繼孝也。自我祖父母以有此身也，曰賴先人之澤以享其餘慶也，曰我朝夕奉養承歡，而一旦不復獻杯棬，心悲思而無寄，故祭薦以伸吾情也。曰吾貧賤不足以供菽水，今鼎食而親不逮，心悲思而莫及，故祭薦以志吾悔也。豈爲其游魂虛位能福我而求之哉？求福已非君子之心，而以一飯之設，數拜之勤，求福于先人，仁孝誠敬之心果如是乎？不謀利，不責報，不望其感激，雖在他人猶然，而況我先人乎？《詩》之祭必言福，而《楚茨》諸詩爲尤甚，豈可爲訓邪？吾獨有取于《采蘩》、《采蘋》二詩。盡物盡志，以達吾子孫之誠敬而已，他不及也。明乎此道，則天下萬事萬物皆盡我所當爲，禍福利害皆聽其自至。人事修而外慕之心息，向道專而作輟之念忘矣。何者？明于性分而無所冀幸也。

友道極關係，故與君父并列而爲五。人生德業成就，少朋友不得。君以法行，治我者也；父以恩行，不責善者也；兄弟怡怡，不欲以切偲傷愛；婦人主內事，不得相追隨；規過，子雖敢争，終有可避之嫌；至于對嚴師，則矜持收斂而過無可見；在家庭，則狎昵親習而正言不入。惟夫朋友者，朝夕相與，既不若師之進見有時，情禮無嫌，又不若父子兄弟之言語有忌。一德虧，則友責之；一業廢，則友責之。美則相與獎勸，非則相與匡救。日更月變，互感交摩，駸駸然不覺其勞且難，而入于君子之域矣。是朋友者，四倫之所賴也。嗟夫！斯道之亡久矣。言語嬉媟，尊俎嘔煦，無論事之善惡，以順我者爲厚交；無論人之奸賢，以敬我者爲君子。躡足附耳，自謂知心；接膝拍肩，濫許刎頸。大家同陷于小人而不知，可哀也已！是故物相反者相成，見相左者相益。孔子取友曰『直』、『諒』、『多聞』。此三友者，皆與我不相附會者也，故曰益。是故得三友難，能爲人三友更難。天地間不論天南地北、縉紳草莽，得一好友，道同志合，亦人生一大快也。

長者有議論，唯唯而聽，無相直也；有咨詢，謇謇而對，無遽盡也。此卑幼之道也。

陽稱其善以悦彼之心，陰養其惡以快己之意，此友道之大戮也。青天白日之下有此魑魅魍魎之俗，可哀也已！

古稱君門遠于萬里，謂情隔也。豈惟君門？父子殊心，一堂遠于萬里；兄弟離情，一門遠于萬里；夫妻反目，一榻遠于萬里。苟情聯志通，則萬里之外猶同堂共門而比肩一榻也。以此推之，同時不相知而神交于百世之上下亦然。是知離合在心期，不專在躬逢。躬逢而心期，則天下至遇也。君臣之堯、舜，父子之文、周，師弟之孔、顔。

『隔』之一字，人情之大患。故君臣、父子、夫婦、朋友、上下之交務去隔，此字不去而不怨叛者，未之有也。

仁者之家，父子愉愉如也，夫婦雍雍如也，兄弟怡怡如也，僮僕欣欣如也，一家之氣象融融如也。義者之家，父子凛凛如也。夫婦嗃嗃如也，兄弟翼翼如也，僮僕肅肅如也，一家之氣象栗栗如也。仁者以恩勝，其流也知和而和；義者以嚴勝，其流也疏而寡恩。故聖人之居家也，仁以主之，義以輔之；洽其太和之情，但不潰其防斯已矣，其井井然，嚴城深塹，則男女之辨也，雖聖人不敢于家人相忘。

父在居母喪，母在居父喪，以從生者之命爲重。故孝子不以死者憂生者，不以小節傷大體，不泥經而廢權，不徇名而害實，不全我而傷親。所貴乎孝子心者，親之心而已。

天下不可一日無君，故夷、齊非湯、武，明臣道也。此天下之大防也。不然，則亂臣賊子接踵矣，而難爲君。天下不可一日無民，故孔、孟是湯、武，明君道也。此天下之大懼也，不然，則暴君亂主接踵矣，而難爲民。

爵祿恩寵，聖人未嘗不以爲榮。聖人非以此爲加損也。朝廷重之以示勸，而我輕之以視高，是與君忤也，是窮君鼓舞天下之權也。故聖人雖不以爵祿恩寵爲榮，而未嘗不榮之，以重帝王之權，以示天下帝王之權之可重，此臣道也。

人子和氣愉色婉容，發得深時，養得定時，任父母冷面寒鐵，雷霆震怒，只是這一腔温意、一面春風，則自無不回之天，自無屢變之天。讒譖何由入？嫌隙何由作？其次莫如敬慎，夔夔齋栗，敬慎之至也。故瞽瞍亦允若。温和示人以可愛，消融父母之惡怒；敬慎示人以可矜，激發父母之悲憐。所謂積誠意以感動之者，養和致敬之謂也。蓋格親之功，惟和爲妙、爲深、爲速、爲難，非至性純孝者不能敬慎，猶可勉强耳。而今人子以涼薄之色、惰慢之身、驕蹇之性，及犯父母之怒，既不肯挽回，又倨傲以甚之，此其人在孝弟之外，固不足論。即有平日温愉之子，當父母不悦而亦愠見，或生疑而遷怒者，或無意遷怒而不避嫌者，或不善避嫌愈避而愈冒嫌者，積隙成釁，遂致不祥。豈父母之不慈？此孤臣孽子之法戒，堅志熟仁之妙道也。

孝子之事親也，上焉者先意，其次承志，其次共命。共命則親有未言之志不得承也，承志則親有未萌之意不得將也，至于先意而悦親之道至矣。或曰：安得許多心思能推至此乎？曰：事親者，以悦親爲事者也。以悦親爲事，則孳孳皇皇無以尚之者，只是這個念頭，親有多少意志，終日體認不得？

或問：共事一人未有不妒者，何也？曰：人之才能、性行、容貌、辭色，種種不同，所事者必悦其能事我者，惡其不能事我者。能事者見悦，則不能事者必疏。是我之見疏，彼之能事成之也，焉得不妒？既妒安得不相傾？相傾安得不受禍？故見疏者妒，妒其形己也；見悦者亦妒，妒其妒己也。然則奈何？曰：居寵則思分而推之以均衆，居尊則思和而下之以相忘，人何妒之有？緣分以安心，緣遇以安命，反己而不尤人，何妒人之有？此入宫入朝者之所當知也。

孝子侍親不可有沉静態，不可有莊肅態，不可有枯淡態，不可有豪雄態，不可有勞倦態，不可有疾病態，不可有愁苦態，不可有怨怒態。

子弟生富貴家，十九多驕惰淫泆，大不長進。古人謂之豢養，言甘食美服，養此血肉之軀，與犬豕等。此輩闒茸，士君子見之爲羞，而彼方且志得意滿，以此誇人，父兄之孽莫大乎是！

男女遠别，雖父女、母子、兄妹、姊弟亦有别嫌明微之禮，故男女八歲不同食。子婦事舅姑，禮也，本不遠别，而世俗最嚴翁婦之禮，影響間即疾趨而藏匿之。其次夫兄弟婦相避。此外一無所避，已亂綱常，乃至叔嫂姊夫妻妹妻弟之妻互相嘲謔以爲常，不幾于下流乎？不知古者遠别，止于授受不親，非避匿之謂。而男女所包甚廣，自妻妾之外，皆當遠授受之嫌，愛禮者不可不明辨也。

子婦事人者也，未爲父兄以前，莫令奴婢奉事，長其驕惰之性。當日使勤勞，常令卑屈，此終身之福，不然是殺之也。昏愚父母、驕奢子弟不可不知。

問安，問侍者，不問病者。問病者，非所以安之也。

喪服之制，以緣人情，亦以立世教，故有引而致之者，有推而遠之者，要不出恩、義二字，而不可曉亦多。觀會通之君子，當製作之權，必有一番見識，泥古非達觀也。

親没而遺物在眼，與其不忍見而毁之也，不若不忍忘而存之。

示兒云：門户高一尺，氣焰低一丈。華山只讓天，不怕没人上。

慎言之地，惟家庭爲要。應慎言之人，惟妻子、僕隸爲要。此理亂之原而禍福之本也。人往往忽之，悲夫！

門户可以托父兄，而喪德辱名非父兄所能庇；生育可以由父母，而求疾蹈險非父母所得由。爲人子弟者不可不知。

繼母之虐，嫡妻之妒，古今以爲恨者也。而前子不孝，丈夫不端，則捨然不問焉。世情之偏也久矣。懷非母之迹而因似生嫌，借恃父之名而無端造謗，怨讟忤逆，父亦被誣者，世豈無邪？恣淫狎之性而恩重緑絲，挾城社之威而侮及黄里，《谷風》《柏舟》，妻亦失所者，世豈

無邪？惟子孝夫端，然後繼母嫡妻無辭于姻族矣。居官不可不知。

齊以刀切物，使參差者就于一致也。家人恩勝之地，情多而義少，私易而公難，若人人遂其欲，勢將無極。故古人以父母爲嚴君，而家法要威如，蓋對癥之治也。

閨門之中少了個禮字，便自天翻地覆，百禍千殃，身亡家破皆從此起。

家長，一家之君也。上焉者使人歡愛而敬重之，次則使人有所嚴憚，故曰嚴君。下則使人慢，下則使人陵，最下則使人恨。使人慢未有不亂者，使人陵未有不敗者，使人恨未有不亡者。嗚呼！齊家豈小故哉！今之人皆以治生爲急，而齊家之道不講久矣。

兒女輩常着他拳拳曲曲，緊緊恰恰，動必有畏，言必有驚，到自專時，尚不可知。若使之快意適情，是殺之也以。此愚父母之所當知。

責人到閉口卷舌、面赤背汗時，猶刺刺不已，豈不快心？然淺隘刻薄甚矣。故君子攻人不盡其過，須含蓄以餘人之愧懼，令其自新，方有趣味，是謂以善養人。

曲木惡繩，頑石惡攻，責善之言，不可不慎也。

恩禮出于人情之自然，不可强致。然禮繫體面，猶可責人；恩出于根心，反以責而失之矣。故恩薄可結之使厚，恩離可結之使固，一相責望，爲怨滋深。古父子兄弟夫婦之間，使骨肉爲寇仇，皆坐『責』之一字耳。

宋儒云：宗法明而家道正。豈惟家道？將天下之治亂恒必由之。宇宙内無有一物不相貫屬，不相統攝者。人以一身統四肢，一肢統五指；木以株統幹，以幹統枝，以枝統葉。百穀以莖統穗，以穗統稃，以稃統粒，蓋同根一脉聯屬成體，此操一舉萬之術而治天下之要道也。天子統六卿，六卿統九牧，九牧統郡邑，郡邑統鄉正，鄉正統宗子。事則以次責成，恩則以次流布，教則以次傳宣，法則以次繩督，夫然後上不勞下不亂而政易行。自宗法廢，而人各爲身，家各爲政，彼此如飄絮飛沙，不相維繫。是以上勞而無要領可持，下散而無脉絡相貫，奸盗易生而難知，教化易格而難達。故宗法立而百善興，宗法廢而萬事弛。或曰：宗子而賤而弱而幼而不肖，何以統宗？曰：古之宗法也，如封建，世世以嫡長，嫡長不得人，則一宗受其敝。且豪强得以豚鼠視宗子而魚肉孤弱，其誰制之？蓋有宗子又當立家長。宗子以世世長子孫爲之，家長以闔族之有德望而衆所推服能佐宗子者爲之。胥重其權而互救其失。此二者，宗人一委聽焉，則有司有所責成，而紀法易于修舉矣。

責善之道，不使其有我所無，不使其無我所有，此古人之所以貴友也。

『母氏聖善，我無令人』，孝子不可不知；『臣罪當誅兮，天王聖明』，忠臣不可不知。

士大夫以上有祠堂，有正寢，有客位。祠堂有齋房、神庫，四世之祖考居焉，先世之遺物藏焉，子孫立拜之位在焉，犧牲鼎俎盥尊之器物陳焉，堂上堂下之樂列焉，主人之周旋升降由焉。正寢，吉禮則生忌之考妣遷焉，凶禮則尸柩停焉，柩前之食案香几衣冠設焉，朝夕哭奠之位容焉，柩旁床帳諸器之陳設、五服之喪次、男女之哭位分焉，堂外吊奠之客、祭器之羅列在焉。客位，則將葬之遷柩宿焉，冠禮之曲折、男女之醮位、賓客之宴饗行焉。此三所者，皆有兩階，皆有位次。故居室寧陋，而四禮之所斷乎其不可陋。近見名公，有以旋馬容膝、繩樞甕牖爲清節高品者，余甚慕之，而愛禮一念甚于愛名。故力可勉爲，不嫌弘裕，敢爲大夫以上者告焉。

守禮不足愧，亢于禮乃可愧也。禮當下則下，何愧之有？

家人之害莫大于卑幼各恣其無厭之情而上之人阿其意而不之禁，尤莫大于婢子造言而婦人悦之，婦人附會而丈夫信之。禁此二害而家不和睦者鮮矣。

只拿定一個是字做，便是『建諸天地而不悖，質諸鬼神而無疑』底道理，更問甚占卜，信甚星命！或曰：趨吉避凶，保身之道。曰：君父在難，正臣子死忠死孝之時，而趨吉避凶可乎？或曰：智者明義理、識時勢，君無乃專明于義理乎？曰：有可奈何時，正須審時因勢，時勢亦求之識見中，豈于讖緯陰陽家求之邪？或曰：氣數自然，亦强作不成。曰：君子所安者義命，故以氣數從義理，不以義理從氣數。富貴利達則付之天，進退行藏則决之己。或曰：到無奈何時何如？曰：這也看道理，病在膏肓，望之而走，扁鵲之道當如是也。若屬纊頃刻，萬無一生，偶得良方，猶然忙走灌藥，孝子慈孫之道當如是也。

謹言不但外面，雖家庭間，没個該多說的話；不但大賓，雖親厚友，没個該任口底話。

談道

大道有一條正路，進道有一定等級。聖人教人只示以一定之成法，在人自理會。理會得一步，再說與一步，其第一步不理會到十分，也不說與第二步。非是苦人，等級原是如此。第一步差一寸，也到第二步不得。孔子于賜，纔說與他『一貫』，又先難他『多學而識』一語。至于仁者之事，又說：『賜也，非爾所及。』今人開口便講學脉，便說本體，以此接引後學，何似痴人前說夢？孔門無此教法。

有處常之五常，有處變之五常。處常之五常是經，人所共知；處變之五常是權，非識道者不能知也。不擒一毛不以仁稱，而血流漂杵，不害其爲仁。『二子乘舟』，不以義稱；而管、霍被戮，不害其爲義。由此推之，不可勝數也。嗟夫！世無有識者，每泥于常而不通其變。世無識有識者，每責其經而不諒其權，此兩人皆道之賊也，事之所以難濟也。噫！非精義擇中之君子，其誰能用之？其誰能識之？

談道者雖極精切，須向苦心人說，可使手舞足蹈，可使大叫垂泣，何者？以求通未得之心，聞了然透徹之語，如飢得珍羞，如旱得霖雨。相悅以解，妙不容言。其不然者，如麻木之肌，針灸終日尚不能覺，而以爪搔之，安知痛癢哉？吾竊爲言者惜也。故大道獨契，至理不言，非聖賢之忍于弃人，徒嘵嘵無益耳。是以聖人待問而後言，猶因人而就事。

廟堂之樂，淡之至也，淡則無欲，無欲之道與神明通。素之至也，素則無文，無文之妙與本始通。

真器不修，修者僞物也；真情不飾，飾者僞交也。家人父子之間不讓而登堂，非簡也；不侑而飽食，非饕也，所謂真也。惟待讓而入，而後有讓亦不入者矣；惟待侑而飽，而後有侑亦不飽者矣，是兩修文也。廢文不可爲禮，文至掩真，禮之賊也，君子不尚焉。

百姓得所，是人君太平；君民安業，是人臣太平；五穀豐登，是百姓太平；大小和順，是一家太平；父母無疾，是人子太平；胸中無累，是一腔太平。

至道之妙，不可意思，如何可言？可以言，皆道之淺也。玄之又玄，猶龍公亦説不破，蓋公亦囿于玄玄之中耳。要説説個甚然，却只在匹夫匹婦共知共行之中，外了這個，便是虛無。

除了個中字，更定道統不得。傍流之至聖，不如正路之賢人。故道統寧中絶，不以傍流繼嗣，何者？氣脉不同也。予嘗曰：寧爲道統家奴婢，不爲傍流家宗子。

或問：聖人有可克之己否？曰：惟堯、舜、文王、周、孔無己可克，其餘聖人都有己。任是伊尹底己，和是柳下惠底己，清是伯夷底己。志向偏于那一邊便是己。己者，我也。不能忘我而任意見也，狃于氣質之偏而離中也，這己便是人欲，勝不得這己，都不成個剛者。

自然者，發之不可遏，禁之不能止，纔説是當然，便没氣力。然反之之聖，都在當然上做工夫，所以説勉然，勉然做到底，知之成功，雖一分數境界，到那難題試驗處，終是微有不同，此難以形迹語也。

堯、舜、周、孔之道只是傍人情、依物理，拈出個天然自有之中行將去，不驚人，不苦人，所以難及。後來人勝他不得，却尋出甚高難行之事，玄冥隱僻之言，怪异新奇、偏曲幻妄以求勝，不知聖人妙處只是個庸常。看《六經》、《四書》言語何等平易，不害其爲聖人之筆，亦未嘗有不明不備之道。嗟夫！賢智者過之，佛、老、楊、墨、莊、列、申、韓是已。彼其意見，纔是聖人中萬分之一，而漫衍闊肆以至偏重而賊道，後學無識，遂至弃菽粟而餐玉屑，厭布帛而慕火浣，無補飢寒，反生奇病，悲夫！

『中』之一字，是無天于上，無地于下，無東西南北于四方。此是南面獨尊，道中底天子，仁、義、禮、智、信都是東西侍立，百行萬善都是北面受成者也。不意宇宙間有此一妙字，有了這一個，别個都可勾銷。五常、百行、萬善但少了這個，都是一家貨，更成甚麽道理？

愚不肖者不能任道，亦不能賊道，賊道全是賢智。後世無識之人，不察道之本然面目，示天下以大中至正之矩，而但以賢智者爲標的。世間有了賢智，便看底中道尋常，無以過人，不起名譽，遂薄中道而不爲。道之壞也，不獨賢智者之罪，而惟崇賢智，其罪亦不小矣。《中庸》爲賢智而作也。中足矣，又下個庸字，旨深哉！此難與曲局之士道。

道者，天下古今共公之理，人人都有分底。道不自私，聖人不私道，而儒者每私之，曰『聖人之道』。言必循經，事必稽古，曰『衛道』。嗟夫！此千古之大防也，誰敢决之？然道無津涯，非聖人之言所能限；事有時勢，非聖人之制所能盡。後世苟有明者出，發聖人所未發而默契聖人欲言之心，爲聖人所未爲而吻合聖人必爲之事，此固聖人之深幸而拘儒之所大駭也。嗚呼！此可與通者道，漢唐以來鮮若人矣。

《易》道，渾身都是，滿眼都是，盈六合都是。三百八十四爻，聖人特拈起三百八十四事來做題目。使千聖作《易》，人人另有三百八十四説，都外不了那陰陽道理。後之學者，求易于《易》，穿鑿附會以求通，不知易是個活底，學者看做死底；易是個無方體底，學者看做有定象底。故論簡要，《乾》、《坤》二卦已多了；論窮盡，雖萬卷書說不盡。《易》底道理，何止三百八十四爻。

『中』之一字，不但道理當然，雖氣數離了中，亦成不得寒暑；災祥失中則萬物殃，飲食起居失中則一身病。故四時各順其序，五臟各得其職，此之謂中。差分毫便有分毫驗應，是以聖人執中以立天地萬物之極。

學者只看得世上萬事萬物種種是道，此心纔覺暢然。

在舉世塵俗中，另識一種意味，又不輕與鮮能知味者嘗，纔是真趣。守此便是至寶。

五色勝則相掩，然必厚益之，猶不能渾然無迹，惟黑一染不可辨矣。故黑者，萬事之府也，斂藏之道也。帝王之道黑，故能容保無疆；聖人之心黑，故能容會萬理。蓋含英采、韜精明、養元氣、蓄天機，皆黑之道也。故曰：『惟玄惟默。』玄，黑色也；默，黑象也。《書》稱舜曰『玄德升聞』，《老子》曰『知其白，守其黑』，得黑之精者也。故外著而不可掩，皆道之淺者也。雖然，儒道內黑而外白，黑爲體，白爲用。老氏內白而外黑，白安身，黑善世。

道在天地間，不限于取數之多，心力勤者得多，心力衰者得少，昏弱者一無所得。假使天下皆聖人，道亦足以供其求；苟皆爲盜跖，道之本體自在也，分毫無損。畢竟是世有聖人，道斯有主；道附聖人，道斯有用。

漢、唐而下，議論駁而至理雜，吾師宋儒。宋儒求以明道而多穿鑿附會之談，失平正通達之旨，吾師先聖之言。先聖之言煨于秦火、雜于百家，莠苗朱紫，使後學尊信之而不敢异同，吾師道。苟協諸道而協，則千聖萬世無不吻合，何則？道無二也。

或問：中之道，堯、舜傳心，必有至玄至妙之理？余嘆曰：只就我兩人眼前説這飲酒，不爲限量，不至過醉，這就是飲酒之中。這説話，不緘默，不狂誕，這就是説話之中。這作揖跪拜，不煩不疏，不疾不徐，這就是作揖跪拜之中。一事得中，就是一事底堯、舜，推之萬事皆然。又到那安行處，便是十全底堯、舜。

形神一息不相離，道器一息不相無，故道無精粗，言精粗者妄也。因與一客共酌，指案上羅列者謂之曰：這安排必有停妥處，是天然自有底道理。那僮僕見一豆上案，將滿案尊俎東移西動，莫知措手，那熟底入眼便有定位，未來便有安排。新者近前，舊者退後，飲食居左，匙箸居右，重積不相掩，參錯不相亂，布置得宜，楚楚齊齊，這個是粗底。若説神化性命，不在此却在何處？若説這裏有神化性命，這個工夫還欠缺否？推之耕耘簸揚之夫，炊爨烹調之婦，莫不有神化性命之理，都能到神化性命之極。學者把神化性命看得太玄，把日用事物看得太粗，原不曾理會。理會得來，這案上羅列得，天下古今萬事萬物都在這裏，橫竪推行、撲頭蓋面、脚踏身坐底都是神化性命，乃知神化性命極粗淺底。

有大一貫，有小一貫。小一貫，貫萬殊；大一貫，貫小一貫。大一貫一，小一貫千百。無大一貫，則小一貫終是零星；無小一貫，則大一貫終是渾沌。

靜中看天地萬物都無些子。

一門人向予數四窮問無極、太極及理氣同异、性命精粗、性善是否。予曰：此等語予亦能剿先儒之成説及一己之謬見以相發明，然非汝今日急務。假若了悟性命，洞達天人，也只于性理書上添了『某氏曰』一段言語，講學衙門中多了一宗卷案。後世窮理之人，信彼駁此，服此闢彼，百世後汗牛充棟都是這椿話說，不知于國家之存亡、萬姓之生死、身心之邪正，見在得濟否？我只有個粗法子，汝只把存心制行、處事接物、齊家治國平天下，大本小節都事事心下信得過了，再講這話不遲。曰：理氣、性命，終不可談邪？曰：這便是理氣、性命顯設處，除了撒數没總數。

陽爲客，陰爲主；動爲客，靜爲主；有爲客，無爲主；萬爲客，一爲主。

理路直截，欲路多歧；理路光明，欲路微曖；理路爽暢，欲路懊煩；理路逸樂，欲路憂勞。

無萬則一何處着落？無一則萬誰爲張主？此二字一時離不得。一只在萬中走，故有正一無邪萬，有治一無亂萬，有中一無偏萬，有活一無死萬。

天下之大防五，不可一毫潰也，一潰則決裂不可收拾。宇内之大防，上下名分是已；境外之大防，夷夏出入是已；一家之大防，男女嫌微是已；一身之大防，理欲消長是已；萬世之大防，道脉純雜是已。

儒者之末流與异端之末流何异？似不可以相誚也。故明于醫，可以攻病人之標本；精于儒，可以中邪説之膏肓。辟邪不得其情，則邪愈肆；攻病不對其症，則病愈劇。何者？授之以話柄而借之以反攻，自救之策也。

人皆知异端之害道，而不知儒者之言亦害道也。見理不明，似是而非，或騁浮詞以亂真，或執偏見以奪正，或狃目前而昧萬世之常經，或徇小道而潰天下之大防，而其聞望又足以行其學術，爲天下後世人心害良亦不細。是故，有异端，有吾儒之异端。异端之异端真非也，其害小；吾儒之异端似是也，其害大。有衛道之心者，如之何而不辯哉？

天下事皆實理所爲，未有無實理而有事物者也。幻家者流無實用而以形惑人。嗚呼！不窺其實而眩于形以求理，愚矣。

公卿争議于朝，曰天子有命，則屏然不敢屈直矣；師儒相辯于學，曰孔子有言，則寂然不敢异同矣。故天地間惟理與勢爲最尊。雖然，理又尊之尊也。廟堂之上言理，則天子不得以勢相奪，即相奪焉，而理則常伸于天下萬世。故勢者，帝王之權也；理者，聖人之權也。帝王無聖人之理，則其權有時而屈，然則理也者，又勢之所恃以爲存亡者也。以莫大之權無僭竊之禁，此儒者之所不辭而敢于任斯道之南面也。

陽道生，陰道養。故向陽者先發，向陰者後枯。

正學不明，聰明才辯之士各枝葉其一隅之見以成一家之説，而道始千岐百徑矣。豈無各得？終是偏術。到孔門，只如枉木著繩，一毫邪氣不得。

禪家有理障之説，愚謂理無障，畢竟是識障，無意識，心何障之有？

道莫要于損己，學莫急于矯偏。

七情總是個欲，只得其正了，都是天理；五性總是個仁，只不仁了，都是人欲。

萬籟之聲皆自然也，自然皆真也，物各自鳴其真，何天何人？何今何古？《六經》籟道者也，統一聖真。而漢宋以來胥執一響以吹之，而曰是外無聲矣，觀俳謔者，萬人粲然皆笑，聲不同也而樂同。人各笑其樂，何清濁高下妍媸之足云？故見各鳴其自得。語不詭于《六經》，皆吾道之衆響也，不必言言同、事事同矣。

氣者，形之精華；形者，氣之渣滓。故形中有氣，無氣則形不生；氣中無形，有形則氣不載。故有無形之氣，無無氣之形。星隕爲石者，先感于形也。

天地萬物，只到和平處，無一些不好，何等暢快！

莊、列見得道理原著不得人爲，故一向不盡人事，不知一任自然，成甚世界？聖人明知自然，却把自然閣起，只説個當然。

私恩煦感，仁之賊也；直往輕擔，義之賊也；足恭僞態，禮之賊也；苛察歧疑，智之賊也；苟約固守，信之賊也。此五賊者，破道亂正，聖門斥之。後世儒者往往稱之以訓世，無識也與？

道有二然，舉世皆顛倒之。有個當然，是屬人底，不問吉凶禍福，要向前做去；有個自然，是屬天底，任你躑躅咆哮，自勉强不來。舉世昏迷，專在自然上錯用工夫，是謂替天忙，徒勞無益。却將當然底全不著意，是謂弃人道，成個甚人？聖賢看着自然可得底，果于當然有礙，定不肯受，况未必得乎？只把二『然』字看得真，守得定，有多少受用處！

氣用形，形盡而氣不盡；火用薪，薪盡而火不盡。故天地惟無能用有，五行惟火爲氣，其四者皆形也。

氣盛便不見涵養。浩然之氣雖充塞天地間，其實本體間定冉冉口鼻中，不足以呼吸。

有天欲，有人欲。吟風弄月，傍花隨柳，此天欲也。聲色貨利，此人欲也。天欲不可無，無則禪；人欲不可有，有則穢。天欲即好底人欲，人欲即不好底天欲。

朱子云：『不求人知，而求天知。』爲初學言也。君子爲善，只爲性中當如此，或此心過不去。天知、地知、人知、我知，渾是不求底。有一求心，便是僞，求而不得，此念定是衰歇。

以吾身爲內，則吾身之外皆外物也。故富貴利達，可生可榮，苟非道焉，而君子不居。以吾心爲內，則吾身亦外物也。故貧賤憂戚，可辱可殺，苟道焉，而君子不辭。

或問敬之道。曰：外面整齊嚴肅，內面齊莊中正，是靜時涵養底敬；讀書則心在于所讀，治事則心在于所治，是主一無適底敬；出門如見大賓，使民如承大祭，是隨事小心底敬。或曰：若笑談歌咏、宴息造次之時，恐如是則矜持不泰然矣。

曰：敬以端嚴爲體，以虛活爲用，以不離于正爲主。齋日衣冠而寢，夢寐乎所祭者也；不齋之寢，則解衣脱冕矣，未有釋衣冕而持敬也。然而心不流于邪僻，事不詭于道義，則不害其爲敬矣。君若專去端嚴上求敬，則荷鋤負畚、執轡御車、鄙事賤役，古聖賢皆爲之矣，豈能日日手容恭、足容重邪？又若孔子曲肱指掌，及居不容，點之浴沂，何害其爲敬邪？大端心與正依，事與道合，雖不拘拘于端嚴，不害其爲敬。苟心游千里，意逐百欲，而此身却兀然端嚴在此，這是敬否？譬如謹避深藏，秉燭鳴佩，緩步輕聲，女教《內則》原是如此，所以養貞信也。若饁婦汲妻，及當顛沛奔走之際，自是迴避不得，然而貞信之守與深藏謹避者同，是何害其爲女教哉？是故敬不擇人，敬不擇事，敬不擇時，敬不擇地，只要個心與正依，事與道合。

先難後獲，此是立德立功第一個張主。若認得先難是了，只一向持循去，任千毀萬謗也莫動心，年如是，月如是，竟無效驗也只如是，久則自無不獲之理。故工夫循序以進之，效驗從容以俟之。若欲速便是揠苗者，自是欲速不來。

造化之精，性天之妙，惟靜觀者知之，惟靜養者契之，難于紛擾者道。故止水見星月，纔動便光芒錯雜矣。悲夫！紛擾者昏昏以終身，而一無所見也。

滿腔子是惻隱之心，滿六合是運惻隱之心處。君子于六合飛潛動植、纖細毫末之物，見其得所，則油然而喜，與自家得所一般；見其失所，則閔然而戚，與自家失所一般。位育念頭，如何一刻放得下？

萬物生于性，死于情。故上智去情，君子正情，衆人任情，小人肆情。夫知情之能死人也，則當游心于澹泊無味之鄉，而于世之所欣戚趨避，漠然不以嬰其慮，則身苦而心樂，感殊而應一。其所不能逃者，與天下同；其所了然獨得者，與天下异。

此身要與世融液，不見有萬物形迹、六合界限，此之謂化。然中間却不模糊，自有各正底道理，此之謂精。

人一生不聞道，真是可憐！

『己欲立而立人，己欲達而達人』，便是肫肫其仁，天下一家滋味。然須推及鳥獸，又推及草木，方充得盡。若父子兄弟間便有各自立達、爭先求勝的念頭，更那顧得別個。

天德只是個無我，王道只是個愛人。

道是第一等，德是第二等，功是第三等，名是第四等。自然之謂道，與自然游謂之道士。體道之謂德，百行俱修謂之德士。濟世成物謂之功。一味爲天下潔身著世謂之名。一味爲自家立言者，亦不出此四家之言。下此不入等矣。

凡動天感物，皆純氣也。至剛至柔，與中和之氣皆有所感動，純故也。十分純裏纔有一毫雜，便不能感動。無論嘉氣、戾氣，只純了，其應便捷于影響。

萬事萬物有分別，聖人之心無分別。因而付之耳。譬之日因萬物以爲影，水因萬川以順流，而日、水原無兩，未嘗不分別，而非以我分別之也。以我分別，自是分別不得。

下學學個什麽？上達達個什麽？下學者，學其所達也；上達者，達其所學也。

弘毅，坤道也。《易》曰『含弘光大』，言弘也；『利永貞』，言毅也。不毅不弘，何以載物？

六經言道而不辨，辨自孟子始；漢儒解經而不論，論自宋儒始；宋儒尊理而不僭，僭自世儒始。

聖賢學問是一套，行王道必本天德。後世學問是兩截，不修己，只管治人。

自非生知之聖，未有言而不思者。貌深沉而言安定，若蹇若疑，欲發欲留，雖有失焉者，寡矣。神奮揚而語急速，若涌若懸，半跆半晦，雖有得焉者，寡矣。夫一言之發，四面皆淵阱也。喜言之則以爲驕，戚言之則以爲懦，謙言之則以爲諂，直言之則以爲陵，微言之則以爲險，明言之則以爲浮。無心犯諱，則謂有心之譏；無爲發端，則疑有爲之説。簡而當事，曲而當情，精而當理，確而當時，一言而濟事，一言而服人，一言而明道，是謂修辭之善者。其要有二：曰澄心，曰定氣。餘多言而無當，真知病本云云，當與同志者共改之。

知彼知我，不獨是兵法，處人處事一些少不得底。

靜中真味，至淡至冷，及應事接物時，自有一段不冷不淡天趣。只是衆人習染世味十分濃艷，便看得他冷淡。然冷而難親，淡而可厭，原不是真味，是謂撥寒灰、嚼净蠟。

明體全爲適用。明也者，明其所適也，不能適用，何貴明體？然未有明體而不適用者。樹有根，自然千枝萬葉；水有泉，自然千流萬派。

天地人物原來只是一個身體、一個心腸，同了便是一家，异了便是萬類。而今看着風雲雷雨都是我胸中發出，虎豹蛇蝎都是我身上分來，那個是天地？那個是萬物？

萬事萬物都有個一，千頭萬緒皆發于一，千言萬語皆明此一，千體認萬推行皆做此一。得此一，則萬皆舉；求諸萬，則一反迷。但二氏只是守一，吾儒却會用一。

三氏傳心要法，總之不離一『静』字，下手處皆是制欲，歸宿處都是無欲，是則同。

『予欲無言』，非雅言也，言之所不能顯者也。『吾無隱爾』，非文辭也，性與天道也。説便説不來，藏也藏不得，然則無言即無隱也，在學者之自悟耳。天地何嘗言？何嘗隱？以是知不可言傳者，皆日用流行于事物者也。

天地間道理，如白日青天。聖賢心事，如光風霽月。若説出一段話，説千解萬解，説者再不痛快，聽者再不惺憁，豈舉世人皆愚哉？此立言者之大病。

罕譬而喻者，至言也；譬而喻者，微言也；譬而不喻者，玄言也。玄言者，道之無以爲者也。不理會玄言，不害其爲聖人。

正大光明，透徹簡易，如天地之爲形，如日月之垂象，足以開物成務，足以濟世安民，達之天下萬世而無弊，此謂天言。平易明白，切近精實，出于吾口而當于天下之心，載之典籍而裨于古人之道，是謂人言。艱深幽僻，吊詭探奇，不自句讀不能通其文，通則無分毫會心之理趣；不考音韵不能識其字，識則皆常行日用之形聲，是謂鬼言。鬼言者，道之賊也，木之孽也，經生學士之殃也。然而世人崇尚之者，何逃之？怪异足以文凡陋之筆，見其怪异，易以駭膚淺之目。此光明平易大雅君子爲之汗顔泚顙，而彼方以爲得意者也。哀哉！

衰世尚同，盛世未嘗不尚同。衰世尚同流合污，盛世尚同心合德。虞廷同寅協恭，修政無异識，圮族者殛之；孔門同道協志，修身無异術，非吾徒者攻之，故曰道德一、風俗同。二之非帝王之治，二之非聖賢之教，是謂敗常亂俗，是謂邪説破道。衰世尚同，則异是矣。逐波隨風，共撼中流之砥柱；一頽百靡，誰容盡醉之醒人？讀《桃園》、誦《板蕩》，自古然矣。乃知盛世貴同，衰世貴獨。獨非立异也，衆人皆我之獨，即盛世之同矣。

世間無一物可戀，只是既生在此中，不得不相與耳。不宜着情，着情便生無限愛欲，便招無限煩惱。

『安而後能慮』，止水能照也。

君子之于事也，行乎其所不得不行，止乎其所不得不止；于言也，語乎其所不得不語，默乎其所不得不默，尤悔庶幾寡矣。

發不中節，過不在已發之後。

纔有一分自滿之心，面上便帶自滿之色，口中便出自滿之聲，此有道之所耻也。見得大時，世間再無可滿之事，吾分再無能滿之時，何可滿之有？故盛德容貌若愚。

『相在爾室，尚不愧于屋漏』，此是千古嚴師；『十目所視，十手所指』，此是千古嚴刑。

誠與才合，畢竟是兩個，原無此理。蓋才自誠出，才不出于誠，算不得個才，誠了自然有才。今人不患無才，只是討一誠字不得。

斷則心無累。或曰：斷用在何處？曰：謀後當斷，行後當斷。

道盡于一，二則贅；體道者不出一，二則支。天無二氣，物無二本，心無二理，世無二權。一則萬，二則不萬，道也二乎哉？故執一者得萬，求萬者失一。水壅萬川未必能塞，木滋萬葉未必能榮，失一故也。

道有一真，而意見常千百也，故言多而道愈漓；事有一是，而意見常千百也，故議多而事愈僨。

吾黨望人甚厚，自治甚疏，只在口吻上做工夫，如何要得長進？

宇宙内原來是一個，纔説同，便不是。

周子《太極圖》第二圈子是分陰分陽，不是根陰根陽。世間没這般截然氣化，都是互爲其根耳。

説自然是第一等話，無所爲而爲；説當然是第二等話，性分之所當盡，職分之所當爲；説不可不然是第三等話，是非毁譽是已；説不敢不然是第四等話，利害禍福是已。

人欲擾害天理，衆人都曉得；天理擾害天理，雖君子亦迷，况在衆人？而今只説慈悲是仁，謙恭是禮，不取是廉，慷慨是義，果敢是勇，然諾是信。這個念頭真實發出，難説不是天理，却是大中至正天理被他擾害，正是執一賊道。舉世所謂君子者，都是這裏看不破，故曰『道之不明』也。

『二女同居，其志不同行』，見孤陽也。若無陽，則二女何不同行之有？二陽同居，其志同行，不見陰也。若見孤陰，則二男亦不可以同居矣。故曰：『一陰一陽之謂道。』六爻雖具陰陽之偏，然各成一體，故無嫌。

利刃斫木綿，迅炮擊風幟，必無害矣。

士之于道也，始也求得，既也得得，既也養得，既也忘得。不養得則得也不固，不忘得則得也未融。學而至于忘得，是謂無得。得者，自外之名，既失之名，還我故物，如未嘗失，何得之有？心放失，故言得心。從古未言得耳目口鼻四肢者，無失故也。

聖人作用，皆以陰爲主，以陽爲客。陰所養者也，陽所用者也。天地亦主陰而客陽。二氏家全是陰。道家以陰養純陽而嗇之，釋家以陰養純陰而寶之。凡人陰多者，多壽多福；陽多者，多夭多禍。

只隔一絲，便算不得透徹之悟，須是入筋肉、沁骨髓。

异端者，本無不同而端緒异也。千古以來，惟堯、舜、禹、湯、文、武、孔、孟一脉是正端，千古不异。無論佛、老、莊、列、申、韓、管、商，即伯夷、伊尹、柳下惠，都是异端，子貢、子夏之徒，都流而异端。蓋端之初分也，如路之有歧，未分之初都是一處發脚，既出門後，一股向西南走，一股向東南走，走到極處，末路梢頭，相去不知幾千萬里。其始何嘗不一本哉！故學問要析同异于毫釐，非是好辨，懼末流之可哀也！

天下之事，真知再没個不行，真行再没個不誠，真誠之行再没個不自然底。自然之行不至其極不止，不死不止，故曰『明則誠』矣。

千萬病痛只有一個根本，治千萬病痛只治一個根本。

宇宙内主張萬物底只是一塊氣，氣即是理。理者，氣之自然者也。

到至誠地位，誠固誠，僞亦誠。未到至誠地位，僞固僞，誠亦僞。

義襲取不得。

信知困窮抑鬱、貧賤勞苦是我應得底，安富尊榮、歡忻如意是我儻來底，胸中便無許多冰炭。

事有豫而立，亦有豫而廢者。吾曾豫以有待，臨事鑿枘不成，竟成弃擲者。所謂權不可豫設，變不可先圖，又難執一論也。

任是千變萬化，千奇萬异，畢竟落在平常處歇。

善是性，性未必是善；秤錘是鐵，鐵不是秤錘。或曰：孟子道性善，非與？曰：余所言，孟子之言也，孟子以耳目口鼻四肢之欲爲性，此性善否？或曰：欲當乎理即是善。曰：如子所言，『動心忍性』，亦忍善性與？或曰：孔子繫《易》，言『繼善成性』，非與？曰：世儒解經皆不善讀《易》者也。孔子云『一陰一陽之謂道』，謂一陰一陽均調而不偏，乃天地中和之氣，故謂之道。人繼之則爲善，繼者禀受之初，人成之則爲性。成者，不作之謂。假若一陰，則偏于柔；一陽，則偏于剛。皆落氣質，不可謂之道。蓋純陰純陽之謂偏，一陰二陽，二陰一陽之謂駁；一陰三四五陽，五陰一三四陽謂之雜。故仁智之見皆落了氣

質一邊，何況百性？仁智兩字，拈此以見例，禮者見之謂之禮，義者見之謂之義，皆是邊見。朱注以繼爲天，誤矣；又以仁智分陰陽，又誤矣。抑嘗考之，天自有兩種天，有理道之天，有氣數之天。故賦之于人，有義理之性，有氣質之性。二天皆出于太極。理道之天是先天，未著陰陽五行以前，純善無惡，《書》所謂『惟皇降衷，厥有恒性』，《詩》所謂『天生蒸民，有物有則』是也。氣數之天是後天，落陰陽五行之後，有善有惡，《書》所謂『天生蒸民有欲』，孔子所謂『惟上知與下愚不移』是也。孟子道性善，只言個德性。

物欲從氣質來，只變化了氣質，更説甚物欲。

耳目口鼻四肢有何罪過？堯、舜、周、孔之身都是有底；聲色貨利，可愛可欲有何罪過？堯、舜、周、孔之世都是有底。千萬罪惡都是這點心。孟子『耳目之官不思而蔽于物』，太株連了，只是先立乎其

大，有了張主，小者都是好奴婢，何小之敢奪？沒了窩主，那怕盜賊？問：誰立大？曰：大立大。

威儀養得定了，纔有脫略，便害羞赧；放肆慣得久了，纔入禮群，便害拘束。習不可不慎也。

絜矩是强恕事，聖人不絜矩。他這一副心腸原與天下打成一片，那個是矩？那個是絜？

仁以爲己任，死而後已，此是大擔當；老者衣帛食肉，黎民不飢不寒，此是大快樂。

內外本末交相培養，此語余所未喻。只有內與本，那外與末張主得甚？

不是與諸君不談奧妙，古今奧妙不似《易》與《中庸》，至今解説二書不似青天白日，如何又于晦夜添濃雲也？望諸君哀此後學，另説一副當言語，須是十指露縫，八面開窗，你見我知，更無躲閃，方是正大光明男子。

形而上與形而下，不是兩般道理；下學上達，不是兩截功夫。

世之欲惡無窮，人之精力有限，以有限與無窮鬥，則物之勝人，不啻千萬，奈之何不病且死也。

冷淡中有無限受用處，都戀戀炎熱，抵死不悟，既悟不知回頭，既回頭却又羨慕，此是一種依膻附腥底人，切莫與談真滋味。

處明燭幽，未能見物而物先見之矣；處幽燭明，是謂神照。是故不言者非喑，不視者非盲，不聽者非聾。

儒戒聲色貨利，釋戒聲色香味，道戒酒色財氣。總歸之無欲，此三氏所同也。儒衣儒冠而多欲，怎笑得釋道？

敬事鬼神，聖人維持世教之大端也，其義深，其功大。但自不可鑿求，不可道破耳。

天下之治亂，只在『相責各盡』四字。

世之治亂，國之存亡，民之死生，只是個我心作用。只無我了，便是天清地寧、民安物阜世界。

惟得道之深者，然後能淺言；凡深言者，得道之淺者也。

以虛養心，以德養身，以善養人，以仁養天下萬物，以道養萬世，養之義大矣哉！

萬物皆能昏人，是人皆有所昏。有所不見，爲不見者所昏；有所見，爲見者所昏。惟一無所見者不昏，不昏然後見天下。

道非淡不入，非靜不進，非冷不凝。

三千三百，便是無聲無臭。

天德王道不是兩事，內聖、外王不是兩人。

損之而不見其少者，必贅物也；益之而不見其多者，必缺處也。

惟分定者，加一毫不得，減一毫不得。

知是一雙眼，行是一雙脚。不知而行，前有淵谷而不得，傍有狼虎而不聞，如中州之人適燕而南、之粵而北也。雖乘千里之馬，愈疾愈遠。知而不行，如痿痹之人數路程、畫山水。行更無多説，只用得一『篤』字。知底功夫千頭萬緒，所謂『匪知之艱，惟行之艱』，『匪苟知之，亦允蹈之』。『知至至之，知終終之』，『窮神知化』，『窮理盡性』，『幾深研極』，『探賾索隱』，『多聞多見』。知也者，知所行也；行也者，行所知也。知也者，知此也；行也者，行此也。原不是兩個。世俗知行不分，直與千古聖人駁難，以爲行即是知。余以爲能行方算得知，徒知難算得行。

有殺之爲仁，生之爲不仁者；有取之爲義，與之爲不義者；有卑之爲禮，尊之爲非禮者；有不知爲智，知之爲不智者；有違言爲信，踐言爲非信者。

覓物者苦求而不得，或視之而不見。他日無事于覓也，乃得之。非物有趨避，目眩于急求也。天下之事每得于從容而失之急遽。

山峙川流，鳥啼花落，風清月白，自是各適其天，各得其分。我亦然，彼此無干涉也。纔生繫戀心，便是歆羡，便有沾着。至人淡無世好，與世相忘而已。惟并育而不有情，故并育而不相害。

公生明，誠生明，從容生明。公生明者，不蔽于私也；誠生明者，清虛所通也；從容生明者，不淆于感也。捨是無明道矣。

『喜怒哀樂之未發謂之中』，自有《中庸》來，無人看破此一語。此吾道與佛老異處，最不可忽。

知識，心之孽也；才能，身之妖也；貴寵，家之禍也；富足，子孫之殃也。

只泰了，天地萬物皆志暢意得，忻喜歡愛。心、身、家、國、天下無一毫鬱閼不平之氣，所謂八達四通，千昌萬遂，太和之至也。然泰極則肆，肆則不可收拾而入于否。故《泰》之後繼以《大壯》，而聖人戒之曰『君子以非禮弗履』，用是見古人憂勤惕勵之意多，豪雄曠達之心少。六十四卦惟有《泰》是快樂時，又恁極中極正，且懼且危，此所以致泰保泰而無意外之患也。

今古紛紛辨口，聚訟盈庭，積書充棟，皆起于世教之不明，而聰明才辨者各執意見以求勝。故爭輕重者至衡而息，爭短長者至度而息，爭多寡者至量而息，爭是非者至聖人而息。中道者，聖人之權衡度量也。聖人往矣，而中道自在，安用是嘵嘵強口而逞辨以自是哉？嗟夫！難言之矣。

人只認得『義命』兩字真，隨事隨時在這邊體認，果得趣味，一生受用不了。

『夫焉有所倚』，此至誠之胸次也。空空洞洞，一無所着，一無所有，只是不倚着，纔倚一分，便是一分偏；纔着一釐，便是一釐礙。

形用事，則神者亦形；神用事，則形者亦神。

威儀三千，禮儀三百，五刑之屬三千，皆法也。法是死底，令人可守；道是活底，令人變通。賢者持循于法之中，聖人變易于法之外，自非聖人而言變易，皆亂法也。

道不可言，纔落言詮，便有倚着。

禮教大明，中有犯禮者一人焉，則衆以爲肆而無所容；禮教不明，中有守禮者一人焉，則衆以爲怪而無所容。禮之于世大矣哉！

良知之説亦是致曲擴端學問，只是作用大端費力。作聖工夫當從

天上做，培樹工夫當從土上做。射之道，中者矢也。矢由弦，弦由手，手由心。用工當在心，不在矢。御之道，用者銜也，銜由轡，轡由手，手由心。用工當在心，不在銜。

聖門工夫有兩途，『克己復禮』，是領惡以全好也，四夷靖則中國安。『先立乎其大者』，是正己而物正也，內順治則外威嚴。

『中』是千古道脉宗，『敬』是聖學一字訣。

性只有一個，纔説五便着情種矣。

敬肆是死生關。

瓜、李將熟，浮白生焉。禮由情生，後世乃以禮爲情，哀哉！

道理甚明、甚淺、甚易，只被後儒到今説底玄冥，只似真禪，如何使俗學不一切詆毁而盡叛之！

生成者，天之道心；灾害者，天之人心。道心者，人之生成；人心

者，人之灾害。此語衆人驚駭死，必有能理會者。

道、器非兩物，理、氣非兩件。成象成形者器，所以然者道。生物成物者氣，所以然者理。道與理，視之無迹，捫之無物，必分道器、理氣爲兩項，殊爲未精。《易》曰：『形而上者謂之道，形而下者謂之器。』蓋形而上無體者也，萬有之父母，故曰道；形而下，有體者也，一道之凝結，故曰器。理氣亦然，生天、生地、生人、生物，皆氣也。所以然者，理也。安得對待而言之？若對待爲二，則費隱亦二矣。

先天，理而已矣；後天，氣而已矣；天下，勢而已矣；人情，利而已矣。理一而氣、勢、利三，勝負可知矣。

人事就是天命。

我盛則萬物皆爲我用，我衰則萬物皆爲我病。盛衰勝負，宇宙内只有一個消息。

天地間惟無無累，有即爲累。有身則身爲我累，有物則物爲我累。惟至人則有我而無我，有物而忘物，此身如在太虚中，何累之有？故能物我兩化。化則何有何無？何非有何非無？故二氏逃有，聖人善處有。

義，合外内之道也。外無感則義只是渾然在中之理，見物而裁制之則爲義，義不生于物，亦緣物而後見。告子只説義外，故孟子只説義内，各説一邊以相駁，故窮年相辨而不服。孟子若説義雖緣外而形，實根吾心而生，物不是義，而處物乃爲義也，告子再怎開口？性，合理氣之道也。理不雜氣，則純粹以精，有善無惡，所謂義理之性也。理一雜氣，則五行紛糅，有善有惡，所謂氣質之性也。諸家所言，皆落氣質之後之性，孟子所言，皆未着氣質之先之性，各指一邊以相駁，故窮年相辨而不服。孟子若説有善有惡者雜于氣質之性，有善無惡者上帝降衷之性，學問之道，正要變化那氣質之性，完復吾降衷之性，諸家再怎開口？

乾與姤，坤與復，對頭相接，不間一髮。乾坤盡頭處即姤復起頭處，如呼吸之相連，無有斷續，一斷便是生死之界。

知費之爲省，善省者也，而以省爲省者愚，其費必倍。知勞之爲逸者，善逸者也，而以逸爲逸者昏，其勞必多。知苦之爲樂者，善樂者也，而以樂爲樂者痴，一苦不返。知通之爲塞者，善塞者也，而以塞爲塞者拙，一通必竭。

秦火之後，三代制作湮滅幾盡。漢時購書之賞重，故漢儒附會之書多。其幸存者，則焚書以前之宿儒尚存而不死，如伏生口授之類；好古之君子壁藏而石函，如《周禮》出于屋壁之類。後儒不考古今之文，概云先王制作而不敢易，即使盡屬先王制作，然而議禮制度考文，沿世道民俗而調劑之，易姓受命之天子皆可變通，故曰刑法世輕世重，三王不沿禮襲樂。若一切泥古而求通，則茹毛飲血、土鼓汙尊皆可行之今日矣。堯舜而當此時，其制度文爲必因時順勢，豈能反後世而躋之唐虞？或曰：自秦火後，先王制作何以別之？曰：打起一道大中至正綫來，真僞分毫不錯。

理會得『簡』之一字，自家身心、天地萬物、天下萬事盡之矣。一粒金丹不載多藥，一分銀魂不携錢幣。

耳聞底，眼見底，身觸、頭戴、足踏底，燦然確然，無非都是這個，拈起一端來，色色都是這個。卻向古人千言萬語、陳爛葛藤鑽研窮究，意亂神昏了不可得，則多言之誤後人也。噫！

鬼神無聲無臭，而有聲有臭者乃無聲無臭之散殊也。故先王以聲臭爲感格鬼神之妙機。周人尚臭，商人尚聲，自非達幽明之故者難以語此。

三千三百，繭絲牛毛，聖人之精細入淵微矣。然皆自性真流出，非由强作，此之謂天理。

事事只在道理上商量，便是真體認。

使人收斂莊重莫如禮，使人温厚和平莫如樂。德性之有資于禮樂，猶身體之有資于衣食，極重大，極急切。人君治天下，士君子治身，惟禮樂之用爲急耳。自禮廢而惰慢放肆之態慣習于身體矣，自樂亡而乖戾忿恨之氣充滿于一腔矣。三代以降，無論典秩之本，聲氣之元，即儀文器數，夢寐不及。悠悠六合，貿貿百年，豈非靈于萬物，而萬物且能笑之。細思先儒『不可斯須去身』六字，可爲流涕長太息矣。

惟平脉無病，七表、八裏、九道，皆病名也。惟中道無名，五常、百行、萬善，皆偏名也。

千載而下，最可恨者《樂》之無傳，士大夫視爲迂闊無用之物，而不知其有切于身心性命也。

一、中、平、常、白、淡、無，謂之七，無對。一不對萬，萬者一之分也。太過不及對，中者，太過不及之君也。高下對，平者高下之凖也。吉凶禍福貧富貴賤對，常者不增不減之物也。青黄碧紫赤黑對，白者青黄碧紫赤黑之質也。酸鹹甘苦辛對，淡者受和五味之主也。有不與無對，無者萬有之母也。

或問：格物之物是何物？曰：至善是已。如何格？曰：知止是已。《中庸》不言格物，何也？曰：舜之執兩端于問察，回之擇一善而服膺，皆格物也。擇善與格物同否？曰：博學、審問、慎思、明辨，皆格物也；致知誠正、修齊治平，皆擇善也。除了善更無物，除了擇善更無格物之功。至善即中乎？曰：不中不得謂之至善，不明乎善不得謂之格物，故不明善不能誠身，不格物不能誠意。明了善，欲不誠身不得；格了物，欲不誠意不得。不格物亦能致知否？曰：有。佛、老、莊、列，皆致知也，非不格物，而非吾之所謂物。不致知亦能誠意否？曰：有。尾生、孝己皆誠意也，乃氣質之知而非格物之知。格物二字，在宇宙間乃鬼神訶護真靈至寶，要在個中人神解妙悟，不可與口耳家道也。

學術要辨邪正。既正矣，又要辨真僞。既真矣，又要辨念頭切不切，向往力不力，無以空言輒便許人也。

百姓凍餒，謂之國窮；妻子困乏，謂之家窮；氣血虛弱，謂之身窮；學問空疏，謂之心窮。

人問：君是道學否？曰：我不是道學。是仙學否？曰：我不是

仙學。是釋學否？曰：我不是釋學。是老、莊、申、韓學否？曰：我不是老、莊、申、韓學。畢竟是誰家門户？曰：我只是我。

與友人論天下無一物無禮樂，因指几上香曰：『此香便是禮，香烟便是樂；坐在此便是禮，一笑便是樂。』

心之好惡不可迷也，耳目口鼻四肢之好惡不可徇也。瞽者不辨蒼素，聾者不辨宮商，鼽者不辨香臭，狂者不辨辛酸，逃難而追亡者不辨險夷遠近，然于我無損也，于道無損也，于事無損也，而有益于世，有益于我者無窮。乃知五者之知覺，道之賊而心之殃也，天下之禍也。

氣有三散：苦散，樂散，自然散。苦散、樂散可以復聚，自然散不復聚矣。

悟有頓，修無頓。立志在堯，即一念之堯；一語近舜，即一言之舜；一行師孔，即一事之孔。而況悟乎？若成一個堯、舜、孔子，非真

積力充、斃而後已不能。

有人于此，其孫呼之曰祖，其祖呼之曰孫，其子呼之曰父，其父呼之曰子，其舅呼之曰甥，其甥呼之曰舅，其伯叔呼之曰侄，其侄呼之曰伯叔，其兄呼之曰弟，其弟呼之曰兄，其翁呼之曰婿，其婿呼之曰翁，畢竟是幾人？曰：一人也。呼之畢竟孰是？曰：皆是也。吁！仁者見之謂之仁，知者見之謂之知。』無怪矣，道二乎哉！

豪放之心非道之所栖也，是故道凝于寧静。

聖人制規矩不制方圓，謂規矩可爲方圓，方圓不能爲方圓耳。

終身不照鏡，終身不認得自家。乍照鏡，猶疑我是别人，常磨常照，纔認得本來面目。故君子不可以無友。

輕重只在毫釐，長短只爭分寸。明者以少爲多，昏者惜零弃頓。

天地所以循環無端積成萬古者，只是四個字，曰『無息有漸』。聖學亦然，縱使生知之聖，敏則有之矣，離此四字不得。

下手處是自强不息，成就處是至誠無息。

聖學入門先要克己，歸宿只是無我。蓋自私自利之心是立人達人之障，此便是舜、跖關頭，死生歧路。

心于淡裏見天真，嚼破後許多滋味；學向淵中尋理趣，涌出來無限波瀾。

百毒惟有恩毒苦，萬味無如淡味長。

總埋泉壤終須白，纔露天機便不玄。

横吞八極水，細數九牛毛。